# POEME SVR LA NAISSANCE DE MONSEIGNEVR LE DAVPHIN.

Par le Sieur COLLETET.

A PARIS,
Chez IEAN CAMVSAT, ruë Sainct Iacques, à la Toiſon d'Or.

M. DC. XXXVIII.

AVEC PRIVILEGE DV ROY.

# ADVIS AV LECTEVR.

APRES les Vers que j'ay fait voir sur la grossesse de la Reyne, & qui prophetisoient la naissance d'vn Dauphin, l'impatience me presse, l'excez de la joye m'emporte ; Et l'vne & l'autre ne me permettent pas de differer dauantage la publication de ce nouueau Poëme, qui est comme l'accomplissement de mes heureux presages. Ie sçay bien que le temps & les soins que j'y pourois apporter, le feroient paroistre auec plus d'ornement & de beauté : Mais j'ayme mieux en

cette occaſion ouurir la barriere que de la clorre, & donner du premier coup vne atteinte à la bague, que de l'emporter apres pluſieurs courſes. Si mon Ouurage ne gagne pas le prix du merite, il pourra du moins eſperer celuy de la promptitude, puis que ce n'eſt qu'vn trauail de peu de jours. Et l'on iugera qu'alors que tout Paris faiſoit des feux de joye dans ſes ruës, Apollon en allumoit d'autres dans mon ſein, qui ſeront peut-eſtre de plus longue durée, quoy qu'ils ne ſoient pas ſi pompeux ny ſi magnifiques.

Ce 22. iour de Septembre 1638.

# POEME
## SVR LA NAISSANCE
## De Monseigneur le Dauphin.

TOY qui voids toute chose, & que rien n
prophane,
Soit que tu sois Iunon, ou que tu sois
Diane,
Flambeau de la Nature, & son feu le plus doux;
LVCINE, par trois fois ie t'inuoque à genoux.
Si le Ciel & la Terre implorent ta puissance,
Si tout doit à tes soins le bien de sa naissance,
Vien soulager ma REYNE au fort de ses douleurs,
Et fay naistre le fruict que demandent ses pleurs.
Ceste Nymphe, en vertu comme en grace adorable,
Doit ressentir l'effet de ta Main secourable,
Puis qu'auecque raison ces rares qualitez,
En charmant les Mortels plaisent aux Deitez.

Ne rends pas comme toy ſa langueur immortelle,
Regarde ma Princeſſe, oy ſa voix qui t'appelle;
Et puiſque tu ſçais l'art de ſoulager ſes maux,
Ou renonce à ta gloire, ou finy ſes trauaux.
Ainſi tu tariras la ſource de ſes plaintes,
Ainſi la deliurant de ces funeſtes craintes
Qu'vn mal-heureux ſuccez ne trahiſſe nos vœux,
En conſeruant vn corps tu peux en ſauuer deux.
Ie me trompe, ou le Ciel exauce ma priere,
I'apperçoy ta ſplendeur, Deeſſe de lumiere.
Peuple, çà de l'Encens, de la Myrrhe & de l'Or,
Receuons la Deeſſe auecque ce threſor,
Accompagnons ſes pas, & croyons que ſon aide
Aux douleurs de ma REYNE eſt l'vnique remede.
Sa preſence deſia diſſipe ſa langueur,
Et ſa bouche s'eſcrie auec plus de vigueur.
Craintes retirez-vous, voſtre abord eſt funeſte;
ANNE reſſent l'effet de la Bonté celeſte,
Puiſque ſon chaſte flanc d'vn effort nompareil
Expoſe vn nouuel Aſtre aux rayons du Soleil.
PRINCES approchez-vous, rompez voſtre ſilence,
Pour benir ce DAVPHIN qui vient ſurgir en France;
Et d'vn cœur tranſporté d'aiſe & d'eſtonnement
De voir que nos ſouhaits ont cét euenement,

*Oyez de sa grandeur les illustres miracles,*
*Et sçachez que ma voix est celle des Oracles.*
*Quand ce peuple qui croid que les flãbeaux des Cieux*
*Ne monstrent que pour luy leur esclat precieux,*
*Qui dit que le Soleil naist & meurt sur la terre,*
*Abandonna* LEVCATE *à nos coups de tonnerre;*
*Et fit voir par sa fuite à tous nos combatans,*
*Ou qu'on n'a rien sur nous, ou qu'on l'a peu de temps.*
*Tout enflé du succez d'une telle victoire*
*Ie publiois sa honte & chantois nostre gloire;*
*Et resuant sur les bords où Seine prend son cours,*
*I'entretenois ses flots d'vn semblable discours.*
*O toy qui prodiguant les thresors de ta source*
*Redoubles ton murmure aussi bien que ta course;*
*Sacré miroir flottant des Nymphes de ces lieux,*
*Où nous voyons nager la Terre auec les Cieux;*
*Comme si l'vnion de ces viues Images*
*Nous conseilloit d'vnir les rebelles courages;*
*Beau fleuue couronné de joncs & de roseaux,*
*Qui ne dois qu'à la Mer le tribut de tes Eaux,*
*Dans le ressentiment de l'heur qui t'accompagne,*
*Vante toy d'estre libre en despit de l'Espagne.*
*Va, tesmoigne par tout à sa confusion*
*Qu'elle a le cœur d'vn Cerf & non pas d'vn Lyon;*

*Et que pour repouſſer ſes iniuſtes alarmes*
*Nous en auons le cœur, comme elle en a les Armes.*
*Fay paroiſtre ta joye auſſi bien comme nous,*
*Cependant que le Rhein & le Tage en courroux,*
*Honteux dedans leur lict, melancholiques, mornes,*
*Cachent parmy les joncs leurs teſtes & leurs cornes.*
*Chacun d'eux immobile & plus froid qu'vn rocher*
*Laiſſeroit à la fin ſon Canal deſſeicher,*
*Si ſe voyants fruſtrez de tout ce qu'ils pretendent*
*Leurs yeux ne l'empliſſoiẽt des larmes qu'ils reſpandẽt;*
*Tant ils ont de regret de voir que leurs Guerriers*
*Portent plus de Cyprès qu'ils n'ont eu de Lauriers.*
*Lors que comme vn Torrent leur effroyable armée*
*S'en vint & de carnage & de ſang affamée,*
*Deſſus noſtre frontière on craignit juſtement*
*Le viſible progrés de ce desbordement.*
*Leur cœur enflé d'audace auſſi bien que de ioye,*
*Se promettoit deſia que nous ſerions leur proye;*
*L'vn vouloit la Prouence, & l'autre le Quercy,*
*L'vn deſiroit l'Anjou, l'autre eſperoit Nancy,*
*L'vn retenoit la Seine, & l'autre la Garonne;*
*Et partageants ainſi ceſte vaſte Couronne,*
*Pour aſſouuir encor leur funeſte appetit*
*La France leur ſembloit vn Eſtat trop petit.*

Mais

*Mais l'Ange gardien de toutes nos Prouinces,*
*Qui veille pour le Peuple en veillant pour les Princes,*
*Qui nous donne vn repos, ſi tranquile & ſi pur,*
*Et qui maintient nos Roys dans leur Throſne d'aZur,*
*Voulut qu'vn de nos Ducs dont la vaillance eſclatte*
*Fiſt pour nos Ennemis vn Tombeau de Leucatte;*
*Et qu'en les pourſuiuant d'vn courage obſtiné,*
*Leur Party fuſt vaincu, le noſtre couronné.*
*Si bien que tous les jours, apres ce grand orage*
*Qu'attirerent ſur eux les partiſans du Tage,*
*Nos riches Laboureurs cultiuants leurs guérets*
*Et faiſant de leurs chants retentir les foreſts,*
*Trouueront de grands os, & des armes dorées*
*Dont ils feront des ſocs, & des faulx acerées.*
*Chantons ceſte victoire & beniſſons le jour*
*Où Dieu monſtra pour nous tant de ſignes d'amour;*
*Et tant que ſur tes bords ie diray ſes loüanges,*
*Porte les, mon cher Fleuue, aux Nations eſtranges;*
*Afin qu'apres ce bruit tout ce grand Vniuers*
*Soit l'Echo de ſa gloire, & celuy de mes Vers.*
*J'entretenois ainſi les flots de ce riuage;*
*Puis changeant de penſée, ainſi que de langage,*
*Comme ſi l'eau du Fleuue eut mon chant eſcouté,*
*I'arreſtay par ces mots ſon cours précipité.*

O que ſi ce Flambeau qui faict le tour du monde
Faiſoit naiſtre vn DAVPHIN ſur les bords de ton Onde,
Et qu'apres ces ſuccés auſſi grands qu'inoüys
ANNE renouuellaſt le ſang de Sainct LOVYS,
Que nous verrions de biens tomber en abondance!
Tout porteroit enuie au bon-heur de la France.
Mais las! c'eſt vn Threſor que l'on peut deſirer,
Et que ſans vn miracle on ne peut eſperer.

Apres vn long ſouſpir je reprenois haleine,
Lors qu'vn gros boüillon d'eau ſe creuant ſur la Seine,
Deſcouurit à mes yeux vne Diuinité,
Dont mon cœur fut d'abord plus que l'onde agité.
Si toſt qu'elle parut ſur ce Throſne liquide,
Je vy l'onde autour d'elle, & ſans vague & ſans ride.
Son ſein eſtoit voilé d'vn petit creſpe vert,
Tiſſu de menus joncs, & de mouſſe couuert;
Ses cheueux, couronnez de feuillages de ſaules,
A longs replis d'azur flottoient ſur ſes eſpaules;
Ses yeux armez de traits, dont le coup eſt fatal,
Surpaſſoient en ſplendeur deux globes de cryſtal;
Son teint eſtoit de nacre, & ſes levres diuines
Monſtroiẽt ſous deux rubis, deux rangs de perles fines.
Alors me contemplant d'vn regard adoucy,
Deſire tout, dit-elle, Eſpere tout auſſi.

Mille prosperitez l'vne à l'autre enchaisnées
Conuertiront ces Champs en Isles fortunées.
Ne te plain point du Tage, & croy qu'il a produit
Vne diuine Fleur qui germera du fruit.
La source de nos maux porta nostre remede,
Faisant naistre vne REYNE à qui toute autre cede.
A peine le Soleil qui reigle les saisons
Aura finy le cours de ses douze Maisons,
Qu'vn Enfant paroistra, dont la vertu diuine
Fera voir que du Ciel il a son origine.
Et l'Oracle me trompe, ou l'on doit voir enfin
LOVIS Pere du peuple, & Pere d'vn DAVPHIN.
A ce mot, tout d'vn coup la Nymphe vagabonde
Enseuelit son corps dans l'abysme de l'onde;
Maint cercle tournoyant mon regard diuertit,
Et ie ne vy plus rien que l'eau qui l'engloutit.
Cette heureuse promesse auiourd'huy reüssie,
Monstre la verité de cette Prophétie.
Germe Sainct & Sacré de la race des Dieux,
Delices de la Terre, & merueille des Cieux,
Salutaire bon-heur que le sort nous enuoye,
Tu fais mourir nos soins, & naistre nostre ioye.
Fauorable DAVPHIN, tu ne ressembles pas
A ce Dauphin des eaux, l'augure du trespas;

*La Tempeste suruient des qu'on le void parestre,*
*Mais elle cessera puisque l'on te void naistre.*
*Vien donc, Ange visible, esgayer nos Esprits;*
*Vien salüer ta Mere auec vn doux sousris;*
*Vien voir la Beauté mesme, & la mesme Sagesse;*
*Et luy tendant les bras d'vn cœur plein de tendresse,*
*Dissipe dans l'excez de ce contentement*
*Les pénibles douleurs de son Enfantement.*
*Vien voir ce puissant ROY dont tu portes l'Image,*
*Il se pasme de ioye en voyant ton visage;*
*Et croid, bien que ses faits soient dignes d'vn grãd Roy,*
*Qu'il n'a rien faict encor de si noble que toy.*
*Vien voir mon* RICHELIEV, *ceste Ame sans pareille*
*Que l'honneur de la France incessamment resueille;*
*Qui sur nostre Frontiere escartant l'ennemy*
*Rend son Throsne branslant, & le nostre affermy;*
*Qui rompãt ses desseins d'vne ardeur prompte & viue,*
*Te prépare vn repos dont luy mesme se priue;*
*Qui preferant la gloire à tous les passetemps,*
*Comme vn sage Nestor parmy les Combatans,*
*Rend pour le* CATELET *nos Troupes animées,*
*Et fait par ses Conseils triompher nos Armées.*
*Vien voir ce digne Chef du Temple de Themis,*
*De qui l'Integrité contraint ses Ennemis,*

D'aduoüer que iamais vn Chancelier en France
Ne tint si droit que luy le poids de sa Balance.
Enfin gage fameux & d'Hymen & d'Amour,
Vien voir auec plaisir ceux qui te font la Cour.
Le jour de ta Naissance est vn beau jour de Feste.
Et pour le celebrer tout le monde s'appreste.
L'Allegresse publique esleue iusqu'aux Cieux
Des battemens de mains, & des Airs gracieux.
Le Firmament esclatte, & Paris qui flamboye
Monstre tant de clartez & tant de feux de joye,
Que sa Face qui brille en ce rauissement
Paroist dans sa splendeur vn nouueau Firmament.
Et le Ciel, dont la voûte est d'Estoilles semée,
Semble aux yeux de la France vne Ville allumée.
C'est vn plaisir de voir du soir iusqu'au matin
Ces flambeaux esclairer maint superbe festin.
Les Carrefours chargez de fleurs & de viandes,
Sont autant de jardins, ou de Tables friandes.
C'est là que tout le Peuple au milieu des bons mots,
Qu'inuente son esprit quand il est en repos,
Et parmy les douceurs de la pure ambrosie,
Qui peint vn beau crystal en couleur cramoisie,
Chante la couppe en main, d'vne agreable voix,
Viue le beau DAVPHIN de l'Empire François.

*Et ce mot repeté tant de jours continuë,*
*Que cét autre Dauphin qui regne sur la nuë,*
*Comme celuy qui tient son empire dans l'eau,*
*S'esueillent à ce chant qui leur semble si beau;*
*Et venants t'adorer, ils te font bien paraistre*
*Qu'ils ne possedent rien dont tu ne sois le Maistre.*
*Ainsi, Prince naissant, Paris à ton abord*
*Te descouure son cœur, & son nouueau transport.*
*Cependant des forests les Plantes differentes,*
*Et des prez esmaillez les richesses mourantes,*
*Malgré l'air enflammé qui brusle l'Vniuers,*
*Prennent pour t'honnorer des habillemens verds.*
*Tous les ruisseaux taris iusques dessus l'areine,*
*Comme nouueaux serpens se glissent dans la plaine,*
*Font petiller de joye & l'onde & les cailloux,*
*Et caressent les fleurs d'vn murmure plus doux.*
*Les Nymphes des ruisseaux, & celles des Campagnes,*
*Les Nymphes des Forests, & celles des Montagnes,*
*Couronnent ton Berceau d'Amarante & de Lys,*
*Et de mille bouquets que leurs doigts ont cueillis.*
*Mesme les vieux rochers, & les Antres sauuages*
*Que sainct Germain recele au fonds de ses bocages,*
*Afin de seconder vn si noble dessein*
*Animent plus d'Echos qu'ils n'en ont dans le sein;*

*Et resueillant pour toy leur vieillesse chenuë*
*D'vn million de voix benissent ta venuë.*
*Que le Mont de Cyllene, où Mercure eut cét heur*
*D'apprendre auec le laict l'art de gagner vn cœur;*
*Que l'antique Délos, ceste Isle vagabonde*
*Qui fit naistre Apollon pour esclairer le monde;*
*Que l'aimable Cythere, où la Mere d'Amour*
*Abandonna les eaux, & salüa le jour;*
*Que le haut Mont Ismare, où le Dieu de la Thrace*
*Vid naistre auecque luy la terreur & l'audace;*
*Bref que l'Antre de Crete, où le plus grand des Dieux*
*Trouua malgré Saturne vn berceau glorieux,*
*Au Mont de S. Germain rendent vn juste hommage,*
*Puis qu'il a dessus eux vn si grand auantage.*
*Leur gloire est fabuleuse, & c'est en verité*
*Que ce beau lieu s'honnore à ta Natiuité.*
*Ses Fontaines d'eau viue ont changé de nature;*
*Au lieu qu'elles versoient de l'onde toute pure,*
*Leur source à gros boüillons verse des flots de vin,*
*Pour faire d'autant plus admirer leur Dauphin.*
*L'Age d'or vid couler du lait en abondance,*
*Mais le Monde naissoit, ou n'estoit qu'en enfance;*
*Auiourd'huy que le temps l'a rendu plus parfait,*
*Il void couler du vin, plus qu'il ne vid de lait.*

Ne vois-je pas desia que ces Bouches illustres,
Qui font durer leurs voix vn million de lustres,
Ces Enfans de Parnasse, Ames de l'Vniuers,
Puis qu'ils animent tout par la force des Vers,
Abandonnent leur Source, & ses graces infuses,
Pour trouuer en ce lieu la Fontaine des Muses?
Que là d'vn feu plus vif, & tant plus genereux
Que le vin plus que l'eau rend l'homme vigoureux,
Ils vont prophétiser tes hautes aduantures,
Pour estonner leur siecle, & les races futures?

Eusses tu donc peu naistre en vn seiour plus beau
Que sur ce petit Mont qui te sert de Berceau?
Où tu vois toute chose honnorer ta naissance,
Et de voix prophétique annoncer ta puissance?
Si tu fais quelque estat de ce lieu sans pareil,
Tu le feras connoistre autant que le Soleil;
Ainsi le second Roy de l'Empire de Romme
Qui dans sa pureté se monstra plus qu'vn homme,
Se plaisoit à resuer sur vn petit ruisseau;
Quoy qu'il aimast le Tybre, il aimoit mieux cette eau,
Lors que secrettement dans sa saincte furie
Il presentoit ses vœux à la Nymphe Egerie,
Pour fonder son Estat dessus la Pieté,
Comme on l'auoit aquis auec la cruauté.

Tu

Tu nais en la Saison où toute chose abonde,
Et dans le mesme Mois qui vid naistre le Monde;
Marque que l'Abondance arriue auecque toy,
Et que tout l'Uniuers fleschira sous ta Loy.
Le signe de la Vierge esclaire ta Naissance,
Présage que bien-tost la Paix doit naistre en France;
Et s'il me faut encore appuyer ce propos,
Ne viens tu pas au monde en vn iour de repos?
Jour mesme d'vn grand Sainct qui présage ta gloire,
Puis qu'il tire son Nom du nom de la VICTOIRE.
Enfin jour esclattant de Triomphe & d'honneur,
Où nasquit autresfois cét Astre de bon-heur,
Ce diuin RICHELIEV, l'Ange de cét Empire,
Que ton Pere cherit, & que son Peuple admire;
Signe qu'vn iour tu dois dedans ton Tribunal
Estre vn aussi grand Roy, qu'il est grand Cardinal.
Ainsi le grand César, qui par toute la Terre
Ferma d'vn bras puissant le Temple de la Guerre;
Ainsi ton grand Ayeul, ce Prince de renom
Qui porta des François & le Sceptre & le Nom,
Quittérent en ce temps la prison maternelle,
Pour jouïr des douceurs d'vne saison si belle.
Et dans ce mesme Mois, leurs beaux actes guerriers
Couronnerent leur front de deux fameux lauriers;

Quand de leurs Ennemis la puissance destruitte
Sur la terre & sur l'eau précipita sa fuitte.
Apres tant de souhaits & d'augures heureux,
Qui craindra que le Ciel n'exauce point nos vœux,
Lors que nous esperons que l'ardeur de Bellonne
Ioindra mille autres Fleurs aux fleurs de ta Couronne?
Il me semble desia qu'à quinze Ans je te vois
Apres un long repos endosser le harnois,
Pour confondre l'orgueil des Turcs & des Tartares,
Qui du plus doux climat font des terres barbares;
Qu'apres tant de tourmens que Solime a souffers,
Tu rends son Maistre Esclaue, & la tires des fers;
Que touché des clameurs de toute la Iudée,
Qui de pleurs & de sang se void presque inondée,
Tu vas oster la vie à qui l'a faict mourir,
Et faire pour ton Front ses Palmes refleurir.
O que si les fuseaux qui font nos destinées,
Estendoient iusqu'alors le fil de mes Années,
Que je prendrois plaisir en marchant sur tes pas,
D'estre l'heureux tesmoin de tes nobles combas;
Ton courage rendroit mon humeur eschauffée,
Tu serois mon Iason, je serois ton Orphée.
Si tost que ton acier auroit faict quelque effort,
Ie le fairois oüir du Midy iusqu'au Nort;

*Et si tu triomphois d'vne Mer asseruie,*
*Du Fleuue de l'Oubly j'affranchirois ta vie.*
*Mais si le Ciel refuse à mon ardant desir*
*Les secrets mouuemens d'vn si juste plaisir;*
*S'il faut qu'auant le temps à la Mort ie succombe;*
*Pour te seruir encore au delà de ma tombe,*
*I'esleue vn Fils pour toy, j'excite son Esprit,*
*A suiure le chemin que la Vertu m'apprit;*
*Et le voyant porté dés l'Enfance à l'estude,*
*Ie fortifie en luy cette heureuse habitude.*
*Comme le Rossignol faict aux siens dans les bois,*
*J'examine ses tons, je mesnage sa voix;*
*Afin que quand ton bras aura quelque victoire,*
*Il puisse consacrer des Hymnes à ta gloire,*
*Et monstrer que le Feu qui m'anime aujourd'huy,*
*Vint apres mon trespas ressusciter en luy.*
*En effet si j'obtiens ce que mon cœur souhaitte,*
*Tu seras son Auguste, il sera ton Poëte;*
*Auguste dans la guerre, Auguste dans la Paix,*
*Et dans l'vne & dans l'autre il dira tes beaux faits.*
*Vn mouuement secret dés que ie te contemple,*
*M'asseure que des Roys tu dois estre l'exemple.*
*Mais qui t'imitera, puis qu'enfin ie préuoy*
*Que tu seras vnique, & seul semblable à toy?*

Alors que le Phœnix renouuelle sa Race,
Qu'il s'esleue dans l'air d'vne pompeuse audace,
Qu'en se portant luy mesme il porte son Berceau,
Les cendres de son Pere, & son propre Tombeau;
Que d'vn vol glorieux trauersant les nuages,
Qui forment dessous luy la foudre & les orages,
Il descouure au Soleil comme vn riche thresor
Son plumage de pourpre, & sa Couronne d'or;
Tous les Chantres de l'air, rauis de ce spectacle,
Volent pour contempler ce superbe miracle;
Mais le voyant si pres de la voûte des Cieux,
Ils arrestent leur vol pour le suiure des yeux.
Ainsi lors que la suitte & la vigueur de l'aage,
Auront fortifié ton bras & ton courage;
Tous les Princes rauis de tes perfections
Tascheront d'imiter tes belles actions;
Mais voyant leur puissance à la tienne inegale,
Leur merite vulgaire, & ta vertu Royale,
Honteux d'auoir perdu les traces de tes pas,
Ils te suiuront de loin, ou ne te suiuront pas.
Tandis, quoy qu'au Berceau tu ne puisses m'entẽdre,
Puisses-tu mon DAVPHIN, cõme vn autre Alexãdre,
Viure paisiblement à l'ombre des lauriers,
Que ton Pere conquit par ses actes guerriers.

*Que pour te careſſer ce Prince ſe repoſe,*
*Afin que te laiſſant à vaincre quelque choſe,*
*Tu nous faces douter dans ton aage boüillant,*
*Qui du Pere ou du Fils parut le plus vaillant.*
*A ce mot, à main gauche vne flâme ſoudain*
*Fit eſclatter la nuë, & treſſaillir la Seine.*
*Des Cygnes deſployant leurs aiſles deſſus l'eau,*
*Redirent apres moy ce Cantique nouueau;*
*Et le petit Zephir couronné de verdure,*
*L'eſpandit ſur la terre auec vn doux murmure;*
*Signe que toute choſe à l'enuy m'eſcoutoit,*
*Et qu'à mes juſtes vœux le Deſtin conſentoit.*

FIN.

Auec Priuilege de sa Majesté, signé, Par le Roy en son Conseil, Conrart, & seellé du grand seau. Donné à Paris le 1. iour d'Octobre 1638. portant defenses à tous autres qu'à Iean Camusat, d'imprimer le present Poëme durant l'espace de sept ans, sur les peines qui y sont contenuës.

www.ingramcontent.com/pod-product-compliance
Ingram Content Group UK Ltd.
Pitfield, Milton Keynes, MK11 3LW, UK
UKHW032038260826
14628UKWH00007B/3035

9 782019 697631